AF236565

Herstellung und Verlag:
BoD – Books on Demand, Norderstedt
ISBN: 978-3-7519-0349-3

*„Ihr unterstützt und ermuntert und befähigt Sportvereine und Sportler dazu, dass sie für lächerliche Leistungen unglaubliche Gehälter zahlen, während Lehrer, Philosophen, Künstler, Liebende und Forscher, die darum kämpfen Heilmittel für Krankheiten zu entdecken, um Geld betteln müssen. Ihr werft jeden Tag in den Supermärkten eurer Nationen, in den Restaurants und zu Hause mehr Nahrungsmittel weg, als nötig wären, um die halbe Welt zu ernähren."*

*Neale Donald Walsch*

*„Immer schon waren wir grausam zu denen, die uns lieben und dienen, ohne die Stimme zu erheben. Aber die Zeit wird kommen, wenn die besten Freunde, die wir haben, uns für unsere Grausamkeit verlassen. Hat denn keiner bemerkt, dass die Wildblumen mit jedem Jahr seltener werden? Es mag sein, dass ihre weisen Männer ihnen geraten haben, fortzugehen, bis der Mensch menschlicher wird. Vielleicht sind sie in den Himmel gezogen."*

*Kakuzo Okakura*

Kontakt zum Autor: buraktuncel@hotmail.de

**Burak Tuncel**

# *So Sprach die Liebe*

*Dichterischer Roman*

*„Die Liebe war traurig."*

Mit Tränen in den Augen wanderte sie umher. War dieser Ort hier, der falsche Platz für sie? Hatte sie sich verlaufen? Seit ihrer Kindheit hatte sie hier an diesem Ort gelebt. Sie pflanzte wunderschöne Blumen der Dichtung, doch nun wollte man sie von hier vertreiben. Ihre Blumen waren ein Dorn in den Augen der Menschen, die an diesem Ort lebten. Zu schön ihre Blüten, zu fein ihr Geruch. „Ja, die Früchte gehören allen, aber die Erde gehört niemandem", sagte sie. Doch die Menschen bewarfen sie mit Steinen. Sie brachte den Menschen die Künste der Liebenden, die poetische Dichtung. Doch es war in der Tat eine Schande wie die Menschen mit ihr umgingen. Die Zukunft wird lachen über die Armseligkeit dieser Menschen, die jene Kunst zerstörten, die das Leben schöner machen sollten. Doch so war nun mal ihr Urteil, welches sie Demokratie nannten. Die Schönheit sollte für immer aus ihrem Leben verschwinden. So wurde ein Urteil über die Liebe gefällt. Die Masse auf dem Marktplatz beschloss dies so. So zog die Liebe davon. Weit weg in andere Welten. Sie kam um Schönheit zu bringen, doch es gab keinen Abnehmer für ihre Künste. Sie war die edle Blume, welches vom Leben selbst geschickt wurde. Sie war die Tränen der Sterne. Ihre Blumen überragten die Sterne. Ja, sie waren die Sehnsucht der Erde nach den Sternen. Nach den Sternen zu greifen, die Sterne zu berühren, über die Sterne hinauszugehen, das ist der Wunsch der Erde. Die Erde wird die Dichtung der Liebe verstehen. Ob die Menschen es verstehen ist ihr egal. Der letzte Hafen der Liebe wird das Land der Schönheit sein. Dort regiert die Poesie des Herzens mit den schönsten Blüten. So machte sich die Liebe auf den Weg. In ihrem armen Gewand lief sie voller schöner Anmut. Ihr Gang war zart und nicht von dieser Welt. Sie stieg auf den Berg und blickte hinunter in das Tal. Dort war nun ihr Zuhause zu sehen, dort wo sie aufgewachsen war.

So blickte die Liebe mit Tränen im Herzen ein letztes Mal runter in das Tal. Sie wusste, dass das Schicksal der Liebe stets gekreuzigt zu werden sei. So tat man es mit Jesus von Nazareth, mit Vincent Van Gogh und Friedrich Nietzsche. Nun war sie an der Reihe. Wenn die Liebe mit Tränen in den Augen aus ihrer Heimat vertrieben wird, ist dies kein gutes Omen für die Gesellschaft die dieses Verbrechen ausübt. Sie wird im Schlamm der Finsternis Zugrunde gehen in naher Zukunft. Die Liebe beschloss einen letzten Brief zu schreiben bevor sie für immer weggehen sollte. Sie schrieb, legte den Brief an einen schönen Baum, und schritt davon zur Ewigkeit. Auf dem Brief stand.

*„So sprach die Liebe"*

*„Die Rückkehr zum Ursprung ist die erste Pflicht, oder es ist um den Menschen geschehen."*

*Albert Caraco*

*Mich* nennt man die Liebe. Nun ziehe ich davon. Ob ich je Bestandteil eurer Welten war, ich weiß es nicht genau. Ich bin die Liebe, im Gemeinwohl zuhause. Das Teilen ist eine andere Form von Mir. Das alle Menschen ein würdiges Leben führen können ist eine andere Essenz von mir. Solange der Reichtum der Reichen nicht den Armen gegeben wird, welches der Armen ihr Recht ist, werdet ihr mich nicht finden können. Das Chaos wird in euren Welten weitergehen. Ich bin liebevoll und sanft, und doch sehr unangenehm wenn es um die Verteilung der Weltgüter geht. Denn alles gehört Allen, und nicht nur einer Hand von Menschen. Darf ich sie Menschen nennen? Nein, habgierige Bestien würde ich lieber formulieren. Doch alles geschieht innerhalb einer perfekten Ordnung, und die Ankunft dieses Buches bei ihnen bildet da keine Ausnahme. Ja, der Tag wird kommen, wo die Armen ihr Recht erlangen werden. In den Häusern der Reichen ist ihr Recht, es wartet darauf geholt zu werden. Dies ist die Botschaft der Liebe.

*„Der Tod ist nur für diejenigen, die etwas besitzen."*

*Jiddu Krishnamurti*

*Eure Welt*, wo ich, die Liebe fremd bin, ist zu sehr mit dem materiellen Leben beschäftigt. Der Seele wird keine Aufmerksamkeit geschenkt. Der Dichtung und Poesie seid ihr Feinde geworden. Ja, ihr verachtet die Dichter, die Boten der Liebe sind. Sie lassen mit ihren Werken das Leben in Höhen fliegen, doch ihr Kreuzigt sie, wo ihr sie nur finden könnt. Eure Welt würde sich in ein Paradies verwandeln, wenn ihr die Dichter Könige machen würdet, doch dies wäre gegen eure Machtgelüste, da ihr euch von Konflikt ernährt. So bleibt ihr fest stecken im Schlamm der Finsternis. Die Dichter und Mystiker werden auf die Welt geschickt, wenn es dunkel um eure Art zu leben bestellt ist. Doch selbst dies seht ihr nicht, oder wollt es nicht sehen. Doch ich kann euch nicht böse sein. Die Liebe ist geduldig und Barmherzig. Es ist euer Weltbild welchem ihr nur folgt, so habt ihr es von euren Vorfahren und an euren Schulen gelernt. Es ist nichts Ungehöriges daran. Doch, dass ihr Ignorant an eurem Weltbild festhaltet, dies macht die Liebe wütend und traurig zugleich. Ihr wollt euch einfach nicht ändern, seit Jahrhunderten.

*„Sterben heißt lieben."*

*Jiddu Krishnamurti*

*Wenn* ihr sehende Augen hättet, könntet ihr mich überall sehen. Das Leben geht immer und ewig weiter. Das Leben ist. Alles ändert jede Sekunde nur seine Form. Doch ihr seht nur die Interessen eurer eigenen Familie, eurer Sippe. Alles andere ist euch egal. Durch diese Art zu leben macht ihr die Liebe traurig. Ihr seht nur eure Kinder als eure Eigenen. Doch sie gehören euch nicht. Sie sind die Sehnsucht des Lebens sich selbst zu verwirklichen. So ist der Zustand der Welt nur ein Spiegelbild des gesamten Denkens, der aller dort Lebenden. Es kann gut möglich sein, dass ihr mit der gegenwärtigen Welt zufrieden seid, da ihr ein monatliches Einkommen, ein Haus und teure Autos besitzt. Doch, dann dürft ihr euch nicht als Mensch nennen, meine Liebsten. Ihr habt das Leben verfehlt auf diese Art und Weise. Es ist sehr viel Arbeit zu tun, wenn ihr zur Liebe finden wollt. Doch leider sind die meisten Menschen mit dem Elend auf der Welt einverstanden. Deshalb verändert sich die Welt auch nicht. Kämpfe und Kriege scheinen euch zu gefallen. Ihr habt Angst vor den Blumen. Konkurrenz und der Profit ist das höchste Gut bei euch. Sich diesem Lebensmuster anzupassen bedeutet, dass man Krieg führt. Im Inneren wie auch im Außen. Nur die Starken überleben bei euch. Die Schwachen, welche ihr mit eurer bestialischen Gewinnsucht produziert habt, lässt ihr links liegen.

*„Einer, während er lebt, schreibt sein Leben auf, von Katastrophe zu Katastrophe. Einer lebt und arbeitet bis zur Selbstvernichtung, während er schreibend um Leben und Arbeit kämpft."*

*Vincent Van Gogh*

*Ihr* denkt ihr wärt Fortschrittlich weil ihr das Konkurrieren und Töten der Tiere, und das Anbeten der Macht als eine große Zivilisation betrachtet. Das Leiden der Tiere und die Unterdrückung der Liebe werden von euch nicht gesehen. Diese kurzfristigen Gewinne mit Verachtung der Natur wird auf lange Sicht euch sehr viel Schaden zufügen. Euer einziges Erstreben ist die Verbesserung der Lebensqualität ohne an die Einheit der Menschheit zu denken. Unfähig sind eure Köpfe, das Leiden eines anderen als eigenes Leiden zu sehen. Der weiße Mensch hat ein falsches Überlegenheitsgefühl. Es stammt aus der Minderwertigkeit. Er kann nicht Schaffen, schöne Kunstwerke. Das Schaffen ist eine andere Form der Liebe. Friedrich Nietzsche ist ein Kind der Liebe. All das Leid der Welt, auch wenn sie am anderen Ende der Welt passieren sind nur ein Spiegelbild des kollektiven Bewusstseins und die ungerechte Welt des weißen Mannes. Eure Bewusstseineben kann man als primitiv ansehen. All die Hochhäuser und Flugzeuge ändern nichts an dieser Tatsache.

„Wenn ich auch oft elend dran bin, ist doch in mir eine ruhige, reine Harmonie und Musik.“

Vincent Van Gogh

*Ihr* möchtet nicht, dass sich die Welt ändert, ihr wollt nicht zur Liebe finden. Ihr redet nur über Veränderung, doch Beobachten kann ich keine Veränderung in euch. Solange ihr eure innere Welt nicht ändert, so keine Liebe. Adolf Hitler gab euch eine wunderbare Gelegenheit euch zu ändern. Doch leider immer noch die gleichen Köpfe am Leben. Ihr hattet Hitler erschaffen. Er hätte ohne euch nicht existieren können. Und heute hat sich nur die Form verändert, trotzdem verehrt ihr das Hässliche in der Form von neuen Hitlers. Die barbarischen Gesetze der Wirtschaft sind heute das Ebenbild von Hitler. Hitler hatte ein Überlegenheitsgefühl. Wenn ihr darauf achtet, hat heute der weiße Mensch immer noch dieses Überlegenheitsgefühl. Sie sind gegen die Liebe. Die Werbung und das Konsumieren, die Ausbeutung der Unterschicht sind heute neue Formen von Adolf Hitler. Das Töten von Millionen von Tieren eine andere Facette Hitlers. Hitler ist in neuen Formen unter uns, in unserem normalen Alltag. Ihr folgt diesen niederen Formen, nicht den hohen Geistern, den Schaffenden Künstlern. Damals stimmte der größte Teil der Nation Adolf Hitler zu. Heute stimmen die meisten Menschen der Nation den unmenschlichen Gesetzen der Wirtschaft und Industrie zu und beten an, *die Geld Welt Religion*. Da gibt es überhaupt kein Unterschied. Nur die Form hat sich geändert.

*„Und wer ein Schöpfer sein muss im Guten und Bösen, wahrlich, der muss ein Vernichter erst sein und Werte zerbrechen. Also gehört das höchste Böse zur höchsten Güte, diese aber ist die Schöpferische.“*

*Vincent Van Gogh*

*All* organisierten Religionen können die Schönheit nicht ausstehen. So verleugnen sie die Liebe. Liebe bedeutet Gott und wohnt nicht in den Gotteshäusern eurer Religionen. Gott ist bei den Kindern, den Tieren, den Bäumen und Pflanzen, den Sternen, dem Mond. In allem. Ihr verleugnet die Liebe und ihre Schwester, die Schönheit, und redet dann über Gott. Ihr betrügt mit Gott, nicht mehr und nicht weniger. Keine Religion kann die Liebe tolerieren. Es wäre gegen ihre Machtstrukturen. Die Boten der Liebe sind Dichter, Maler und Tänzer. Sie sind keine Pfarrer, oder Imame, oder Rabbiner. Dies sind alle Lügner. Sie haben die Kostüme der Liebe gestohlen, und möchten so die Menschen, die Massen reinlegen. Die Künstler sind Götter. Sie erschaffen und Schaffen unsterbliche Geschichten und Werke. Religionen möchten euch die Hässlichkeit zeigen. Sie fürchten sich vor dem wahren Gott. *Die Schönheit.*

*„Gauguin, Bernard und ich, wir alle werden vielleicht uns nicht durchsetzen und nicht siegen, aber ebensowenig werden wir besiegt werden."*

*Vincent Van Gogh*

*Wo* ich die Liebe fand. Bei den Naturvölkern, den Indianern und den Schamanen. Wenn ihr die Liebe erlernen wollt, schaut euch das Leben dieser Völker an. Sie sind ein Abbild der Liebe. Sie haben Achtung vor dem Leben. Sie wissen nichts von Vergewaltigung. Und es gibt keine Morde bei ihnen. Weder gibt es Drogen. Eure Welten verstecken den Sex und den Tod. Ihr habt den Sex zu etwas so Schmutzigem gemacht. Das eigentlich göttlichste auf Erden. *Gehorsam der Macht ist eure höchste Tugend.* Auf der Körperebene zu leben bestimmt euren Alltag. Keine schönen Bücher euer Kompass. Bei euch mag man nicht nachdenken. Man mag Regierungen unterstützen, die kein unabhängiges Denken zulassen. Diese Staaten nehmen euch aus. Ihr zahlt Steuern und bekommt dafür nichts zurück. Die Staaten vergiften und machen euch krank, und dann kommen sie als Heiler. Wie heuchlerisch sie sind. Nein, die Liebe akzeptiert keine Sklaverei. Doch sie lassen euch frei gewähren, damit ihr denkt, ihr seid, frei. Doch ihr seid Sklaven. Eindimensional ist eure Art zu leben, nur auf Geld ausgerichtet.

*„Es kommt mir nicht zu, so etwas zu behaupten, nicht einmal, wenn ich sehe, wie einerseits die lebenden Künstler nicht genug Geld haben, um ihr Essen und ihre Farben zu bezahlen."*

*Vincent Van Gogh*


*Die Liebe* hat nichts Böses an sich. Euer Denken macht es hässlich. Ihr gestattet euren Kindern nicht die romantische Seite des Lebens zu erkennen. Sie sollen wie Maschinen sein. Herzlos und anpassungsfähig den Gesetzen der Macht. Man umarmt sich nicht an euren Schulen.

*„Wir kennen das Leben so wenig, dass wir kaum befugt sind, über Gut und Böse, Gerecht oder Ungerecht zu urteilen.“*

*Vincent Van Gogh*

*Seelen* und Körper berühren sich nicht. Man ist nicht sanft und liebkosend. Nein diese Schulen sind Stätten des Grauens. Die Kinder lernen dort, die Liebe in sich zu verlernen. Totes Wissen wird angebet, doch der feinfühligen Weisheit wird keine Achtung gepriesen. Kritisches Denken wird nicht erlaubt. Das Auswendiglernen tötet das Menschsein. So kann keine Entwicklung geschehen. So wird das Denken der Ahnen angebetet. Ihr erzählt euren Kindern nicht die Wahrheit über eure Vergangenheit, damit sie nicht erkennen, wie und wer ihr wirklich seid. Ihr wollt nicht, dass eure Kinder erfahren, wie alles wirklich passiert ist. Ihr rechtfertigt nur die Sicht eurer kleinen Weltsicht. Doch eure Kinder werden euch eines Tages durchschauen, was ihr mit den Liebenden gemacht habt. Wie ihr die Liebe und ihre Boten habt Leiden lassen.

*„Wenn man all das Unglück bedenkt, das Monticelli in seinen letzten Lebensjahren durchgemacht hat, braucht man sich da zu wundern, dass er unter der allzu schweren Last zusammengebrochen ist?"*

*Vincent Van Gogh*

*Die Kinder* sollen nicht die Hässlichkeit eurer Geschichte wissen. Sie sollen werden wie ihr auch. Deswegen verändert sich die Welt nicht. In euren Schulen wird nicht gelehrt, dass das einzige wichtige in diesem Leben die Liebe ist. Ihr habt nicht erlaubt, dass eure Schulen über die bedingungslose Liebe sprechen und unterrichten. Ihr wollt die Liebenden nicht hören, die diese Welt nicht akzeptieren, wie ihr sie errichtet habt. Ihr wollt euch euer Unrecht am Leben nicht eingestehen. So fälscht ihr die Geschichte der Dinge.

*„So vergeht das Leben, die Zeit kehrt nicht wieder, aber ich verbeiße mich in meine Arbeit, eben weil ich weiß, dass die Gelegenheit zu malen nicht wiederkehrt. Besonders in meinem Fall, wo ein heftigerer Anfall meine Arbeitsfähigkeit auf immer zerstören kann.“*

*Vincent Van Gogh*


Es sind nicht die Kinder die Atombomben geworfen haben, oder die Wälder zerstört haben. Es sind immer die Älteren. Es sind nicht die Kinder, die überall auf der Welt die Armen ausbeuten. Es sind nicht die Kinder die Steuern fordern, um damit Geld für Kriege zu haben. Es sind nicht die Kinder, die andere Kinder verhungern lassen. Es sind immer die Älteren. Es sind nicht die Kinder, die Macht gleich Recht sagen. Es sind nicht die Kinder, die Probleme mit Gewalt lösen. Ja, die Kinder möchten rebellieren, doch ihre Energie reicht nicht aus. So werden sie am Schluss wie ihr. Eure Kinder lernen dies alles von euch und tragen dann das Leid der Welt weiter. Sie werden auch zu Gewalttätern, wie ihr. Sie werden materialistisch. Glaubt mir, die Kinder sehen die Heuchelei der Älteren. Doch sie haben keine Macht um dagegen anzugehen. Da die Liebe nicht aggressiv ist.

*„Ich habe versucht, geduldig zu sein, bisher habe ich niemandem Böses getan, muss ich es mir da gefallen lassen wie ein gefährliches Tier begleitet zu werden? Danke, nein, ich protestiere."*

*Vincent Van Gogh*

*Konkurrierendes* Verhalten zerstört die Liebe und verhindert die Wege zu ihr. Wieso lehrt ihr eure Kinder nicht die Märchen der Welt? Die Wunder des Lebens? Neue Werke möchten die Kinder schreiben und malen, doch die Älteren bekommen Angst. Das eigensüchtige Verhalten soll alles sein, was man den Kindern lehrt. Ihr Älteren wist einfach nicht, wie man bedingungslos liebt. So habt ihr Angst vor ihr, der schönsten Prinzessin. Der Liebe. Euer Wertesystem wird vom Geld bestimmt. Umso mehr davon man hat, umso mehr betet ihr diese Menschen an. Eure Gesellschaft ist vom Profit besessen. Wie Dämonen folgt ihr dem Geld.

*„Aber nicht alle Menschen sin human, menschliche Wesen.
Die sind sehr rar, ab und zu mal ein Sokrates, ein Laotse,
ein Buddha, die sind menschlich Wesen. Gewöhnlich gibt es
nur Männer und Frauen, aber keine menschlichen Wesen."*

*Osho*


*Die Notlage* eines anderen ist in Wirklichkeit unsere Eigene. Doch wieso scheint niemand den Willen zu haben, etwas zu ändern? Es ist ein Mangel an Mitgefühl. Menschen reagieren nur wenn ihre eigenen Interessen betroffen sind. Wenn ihre Investitionen, ihre Lebensqualität davon betroffen ist. Diese Art von Menschen sind die wahren Terroristen des Lebens. Dort wo die Menschen keine Eigeninteressen haben, dort helfen sie nicht oder werden nicht aktiv. Alles auf dem Marktplatz basiert auf der Basis des Eigeninteresses. Die Bewohner des Marktplatzes machen sich nur etwas vor. Die Menschheit ist eine Familie, doch eure Nationen spalten diese Einheit.

*„Kriege werden geführt, weil jemand etwas hat, was ein anderer haben will."*

*Neale Donald Walsch*

*Alle Völker* der Welt haben das Recht am gleichen Anteil an den globalen Ressourcen. So spricht die Liebe. Doch eure Besitzenden würden niemals dies zugeben. Ihr Interesse besteht darin, dass ihr diese Weisheiten nicht erfahrt. Sie wollen die Hungrigen nicht nähren, die Bedürftigen kleiden, den Armen ein Obdach geben, und ihr die Mittelschicht seid nur deren Sklaven. Ihr seid der Grund dafür, dass ihr System weiter funktionieren kann. All die Kriminalität würde verschwinden, wenn jeder ein normales, menschenwürdiges Leben führen dürfte, welche das Recht jeden Menschen´s ist. Solange die Menschen den Besitzenden ihren Besitz nicht wegnehmen, um es gerecht zu verteilen, unter dem Volk, wird die Liebe nicht leben können.

*„In dreitausend Jahren haben fünftausend Kriege stattgefunden. Nein, so unedel ist kein Tier. Die Tiere haben einen angeborenen Adel. Der Mensch ist sehr gerissen.“*

*Osho*

*Die* Gesellschaft möchte nicht, dass ihr zu mir, zur Liebe findet. Es wäre gegen ihre Interessen, gegen ihren Profit, gegen einen Wandel. Nichts zu brauchen, lässt einen zu den schönsten Göttern fliegen, doch sie sagen euch, dass ihr umso mehr konsumieren müsst, sonst seid ihr nichts wert. Der Frieden auf der Welt ist eine individuelle Angelegenheit. Er kann nur im inneren eines jeden Menschen statt finden. Die Liebe sieht in jeder Tragödie, die Herrlichkeit dieses Lebens. In eurer Welt hat man Angst vor den Tragödien, und dort betäubt man sich lieber mit Alkohol und Drogen um diese Schmerzen nicht fühlen zu müssen.

*„Und in einem Bild möchte ich etwas Tröstliches sagen, wie Musik."*

*Vincent Van Gogh*

*Eure Welt* hat das Prinzip, „Jeder für sich selbst", vergöttert. In eurer Welt gibt es keine Gleichberechtigung. Wer viel vom Gott Mammon hat, der wird befördert, alle anderen bleiben auf der Strecke. Meine gegenwärtigen Boten der Liebe unter euch, sagen, dass diese Art und Weise die Menschen bei lebendigem Leib umbringt, doch ihr hört ihnen nicht zu. Ihr ignoriert sie einfach und lässt sie schmoren. Die Religion der Industrie ist gegen meine Boten der Liebe.

*„Wirklich künstlerischer wäre, als die Menschen zu lieben, dass es besser sei am Ende, Prometheus zu sein."*

*Vincent Van Gogh*

*Das Gesetz* der Liebe heißt dem Gesetz Gottes zu folgen. Wer meinen Ratschlägen folgt, der ist ein Gläubiger, wer mich nicht akzeptiert, dies sind die Ungläubigen. Sie glauben nicht an die Herrlichkeit und Schönheit des Lebens, an das Teilen und sich Lieben. Sie wollen nicht zur Liebe finden. Die Liebe sagt, dass jeder Mensch in Würde leben muss. Eure Welten sagen nein, nur die Reichen dürfen leben wie sie wollen, und sie sind unsere Sklaven. Die Reichen und jene die es werden wollen, sind Ungläubige. Die Liebe hat euren Planeten mit mehr als ausreichenden Ressourcen versehen, um die Bedürfnisse aller zu befriedigen. Doch wie kann das sein, dass Kinder an Armut und Hunger sterben? Dass, Menschen kein Obdach haben? Dies geschieht, weil eure Welt keine Liebe hat. Wenn jemand in Wohl lebt und weiß, dass andere Menschen leiden, der ist ein Heuchler. Für jeden ist mehr als genug da auf der Welt. Niemand sollte ums Überleben kämpfen. Jeder hat das Recht auf Nahrung und Obdach, ohne dafür arbeiten zu müssen. Die Natur sorgt für alle Menschen. In der Welt der Liebe kennt die Güte kein Ende.

*„Wie viele gibt es, die froh wären, die Arbeit gemacht zu haben, die Du geleistet hast. Was willst du mehr? War es nicht dein Wunsch, etwas zu schaffen?"*

*Theo Van Gogh*

*So* wurde die Liebe im Land geboren, welches die weltlichen Menschen *Deutschland* nannten. Im Gewand einer prachtvollen Blume wurde die Liebe in Deutschland geboren. Doch seit ihrer Kindheit wollte man diese schöne Blume nicht bei ihnen haben. „Du gehörst nicht hier her, nicht in dieses Land", sagte man der Blume seit ihrer Kindheit. „Wir möchten dich hier nicht haben", so verhöhnte die Menge die Blume. Die Blume war der Bote der Liebe, doch dieses Land verdiente sie nicht. So verließ die Liebe mit Tränen in den Augen dieses Land, und das Land, welches sie Deutschland nannten, blieb im Elend zurück. Im Toten, Mechanischen Leben. Das Karma, welches sie der Liebe angetan hatten, wird dieses Land noch viele Jahrhunderte leiden lassen.

*„Wenn man die Natur wahrhaft liebt, so findet man es überall schön.“*

*Vincent Van Gogh*

*Wieso* werden nicht die Grundbedürfnisse aller Menschen gedeckt? Warum dürfen nicht alle Menschen in Würde leben? Schämst du dich denn gar nicht, weißer Mensch? Diese ungerechte Welt ist dein Werk. Du siehst dich als das Zentrum der Welt und kränkst Mutter Natur. Du denkst nur an dein eigenes Wohl, während Kinder verhungern. Jedem Wesen der Welt steht ein Leben in Würde zur Verfügung, so redete die Liebe.

*„Aber warum sollten sie für ein Leben in einfachster Würde arbeiten müssen? Ist nicht genug für alle da?*

*Neale Dondald Walsch*

*In* der Welt der Liebe kennt die Güte kein Ende. Doch ihr Menschen seid geizig und habgierig. Der weiß Denkende Mensch kennt dies nicht anders. Gelernt hat er dieses Denken und Handeln von seinen Vorfahren. Jeder für sich selbst, lautet seine Devise. Das Plündern der Natur, die Ressourcen berauben und den Menschen vergiften, seine Religion. Der Lebensstil des weißen Menschen und seinen Systemen beruht auf den selbstsüchtigen Zwecken. Seine Industrien könnten nicht funktionieren und keinen Profit einbringen, ohne die Mutter Natur zu vergewaltigen. Der weiße Mensch möchte immer an der Spitze der menschlichen Leiter stehen. Dies kommt daher, weil er einen riesen Minderwertigkeitskomplex hat, weil er die Liebe hasst. Die Schwachen müssen ausgebeutet werden, damit man zu Macht gelangen kann. Der weiße Mensch möchte nichts von seiner gewalttätigen Lebensweise aufgeben, da sein Leben sonst noch sinnloser wäre. So sprach die Liebe.

*„Die Maler begreifen die Natur und lieben sie und lehren uns sehen."*

*Vincent Van Gogh*

*Man* kann nur zur Liebe finden, wenn im Herzen eines Jeden, so möge stattfinden eine Veränderung. Liebe gibt alles, und verlangt nichts. So müsste das Denken und Handeln der Menschen werden, wenn man die Liebe ehren möchte auf Erden. Dunkel sind die Tage auf dem Marktplatz und Wesen mit Licht werden schnell müde und traurig gemacht. Sie sind zu sensibel für diese barbarische Welt auf dem Marktplatz der Menge.

*„Bleib nur dabei, recht viel spazierenzugehen und die Natur zu lieben, denn das ist der richtige Weg, die Kunst immer besser zu begreifen.“*

*Vincent Van Gogh*

*Die* Nahrungsmittel auf dem Marktplatz sind voller Chemikalien. So sind auch die Menschen verseucht, die mit diesen Nahrungsmitteln in Kontakt kommen. All die lebenden Leichen ohne Schönheit in Augen und Herzen eurer Städte sind nur das Ergebnis, der völligen Missachtung gegenüber Mutter Erde. Eure Gesellschaften sind der Spur des Geldes gefolgt, nicht der Liebe. Sie verstehen sich nicht. Man kann entweder der Liebe oder dem Geld folgen, einen Mittelweg gibt es nicht. So sprach die Liebe.

*Der Mensch ist nicht auf Erden, nur um glücklich zu sein, er ist nicht einmal hier, um schlechthin anständig zu sein. Er ist hier, um für die Gesellschaft große Dinge zu verwirklichen, um Seelengröße zu erlangen und die Gemeinheit hinter sich zu lassen, in der sich das Dasein fast aller Menschen hinschleppt."*

*Vincent Van Gogh*

*Gewiss* ihr versteckt euer Geld, ihr möchtet darüber nicht reden. Ihr versteckt es in Banken, in Tresoren, in Immobilien. Doch das Recht der Armen, welches die Liebe höchst persönlich ist, *weiß von all eurem gestohlenen Geld.* Das Recht der Armen wird eines Tages in eure Häuser kommen und sich sein Recht zurück nehmen. Der Tag wird kommen. Ganz gewiss. Die Existenz ist geduldig mit euch. Doch dies heißt nicht, dass ihr davon kommen werdet, mit all dem gestohlenen Geld, wo die Tränen und das Blut der Armen daran kleben. So sprach die Liebe. So sprach Shakespeare.

*„Flügel, Flügel übers Leben. Flügel über Grab und Tod."*

*Vincent Van Gogh*


*In* liebevollen Gesellschaften gäbe es keine Geheimnisse. Jeder würde sich so zeigen, wie er in Wirklichkeit wäre. Doch in eurem Land, welches man Deutschland nennt, verstellt sich jeder. Jeder verkauft sein Herz an die Götter des Geldes. So sprach die Liebe, so sprach der Koran.

*„Es ist mit dem Bücherlesen wie mit dem Bildersehen, man muss schön finden, was schön ist, ohne zu zweifeln, ohne zu schwanken, seiner Sache gewiss."*

*Vincent Van Gogh*

*Die* Industriebosse, die Unternehmensbesitzer. Auf euch wird warten ein dunkles Schicksal. Ohne Liebe zu sein, heißt die Menschen und die Natur auszubeuten. Diese Straftaten habt ihr alle begangen. Ihr wurdet oft gewarnt, doch nun kein Erbarmen mehr. Das Leben wird euch nicht davon kommen lassen. Die Dialektik der Geschichte hat ein Urteil über euch getroffen. Ihr wart die Besitzenden und habt die Besitzlosen ausgebeutet. So sprach die Liebe, so sprach Madame Blavatsky.

*„Ehrgeiz und Geldgier ist eine Firma in unserem Inneren, die der Liebe sehr feindlich ist."*

*Vincent Van Gogh*

*Die* Mächtigen der Welt fürchten die Liebe. Deswegen unternehmen sie alles, damit wir nicht zu ihr finden. Ihre offene Marktwirtschaft ist ihre Prostitution. Sie möchten nicht die Ressourcen der Welt fair aufteilen. Der missliche Zustand der Welt ist das Werk des Menschen, der immer „Mehr" möchte. Doch durch die Anhäufung von materiellen Dingen wird man nicht zur Liebe finden. Deswegen sprechen die Götzendiener das Konsumieren für Heilig. So sprach die Liebe. So sprach Honore de Balzac.

*„Theo, was sind doch Ton und Farbe für großartige Sachen. Und wer nie lernt, Gefühl dafür zu haben, wie fern bleibt der dem Leben."*

*Vincent Van Gogh*

*Solange* die Menschen ihr „Ich" anbeten, handeln sie auf eine ungöttliche Weise. Bei all der Fülle der Dinge auf der Welt, habt ihr es immer noch nicht fertig gebracht, dass der Menschen Grundbedürfnisse abgedeckt werden. Ihr lasst zu, dass Tausende an Hunger sterben, währen bei euch nicht einmal eine Wimper zuckt. Nein, ihr seid alles andere als Großartig. Ihr lasst Kinder vor euren eigenen Augen verhungern, doch wenn es um eure eigenen Kinder geht werdet ihr zu Bestien. Ihr seid primitiv. So sprach die Liebe. So sprach Albert Caraco.

*„Ich halte ein Leben ohne Liebe für einen sündigen Zustand und einen unsittlichen Zustand."*

*Vincent Van Gogh*

*Eure* Vorstellung, dass man sich Dinge verdienen muss, bildet die Grundlage eures kranken Denkens. Jeder Mensch hat das Recht auf das elementare Überleben ohne dafür etwas zu tun, oder arbeiten zu gehen. Ein Überleben in Würde gehört zu den Grundrechten des Lebens. Die Liebe hat euch genug Ressourcen dafür gegeben, damit es für alle Wesen reicht. Doch ihr wollt nicht teilen. Dies ist euer Problem. Euer Leben ist auf diese Weise ein sinnloses Leben. Euer beschränktes Denken fällt Urteile über mich, weil ihr mich, die Liebe nicht kennt. So sprach die Liebe. So sprach Diogenes.

*„Ich spüre, dass Schaffenskraft in mir steckt, Theo, und ich tue, was ich kann, um sie los und frei zu machen."*

*Vincent Van Gogh*

*Jeder* hat die Chance, ein Leben zu führen ohne sich Sorgen ums Überleben machen zu müssen. So spreche ich, *die Liebe*. Jene, die etwas anderes behaupten, sind im Lande des Hasses und der Angst zuhause. Seit die Welt ihren Anfang nahm, war die Menge auf dem Marktplatz anderer Ansicht als ich. Seit Beginn allen Lebens hat kaum jemand die Dinge auf meine Weise getan, außer Meine liebenden Boten. So sprach die Liebe. So sprach Osho.

*„An solchen Tagen mache ich mir oft schreckliche Sorgen um die Zukunft und sehe schwarz in Bezug auf meine Arbeit und fühle mich machtlos. Aber es ist gefährlich, zu viel darüber zu reden oder nachzugrübeln, also genug davon."*

*Vincent Van Gogh*

*Hättet* ihr meinen Lehrern der Liebe gefolgt, die ich gesandt hatte. Dann wäre die Welt nun eine Schöne. Schaut auch heute, habe ich einen Boten gesandt, der dieses Buch schreibt. Doch ihr tut alles, damit dieser Junge nicht atmen darf bei euch. Ihr erschwert es ihm auf die schlimmste Art und Weise. Keiner hört ihm zu und ihr verweist ihn in die Irrenanstalt, genau wie ihr es bei Friedrich Nietzsche getan habt, einem anderen Boten von mir. Nein, ihr widmet euch immer noch dem Toten. Den Steinen, dem Harten. Meine Blumen, die ich sandte, wollt ihr nicht haben in eurer Welt. Ja, ihr redet, „Wir haben die großartigste Zivilisation hervorgebracht, die die Welt je gesehen hat." Ihr Seid Lügner. Wie könnt ihr eine großartige Welt errichten ohne  die Liebe zu kennen. Ihr kennt nur die Liebe zum Geld. So sprach die Liebe. So sprach Heraklit.

*„Hoffnung auf bessere Zeiten darf nicht ein Gefühl, sondern muss ein Handeln im Heute sein."*

*Vincent Van Gogh*

*Die* Reichen und Mächtigen sind mit allen Mitteln bestrebt an ihrem Reichtum und an ihrer Macht festzuhalten. Sie lassen die Armen in Bedürftigkeit, damit sie regieren können. All ihre Arbeits- und Tarifverträge basieren auf Sklaverei. Alle Wirtschaftszweige stehen im Dienste der Reichen und Mächtigen. Doch all die Früchte der Arbeit in den Konzernen gehören *den Arbeitern und Armen*. Sie sind die Produzieren. Sie sind die wahren Besitzer und nicht die Reichen. So sprach die Liebe. So sprach Frida Kahlo.

*„Ich erkläre dir, Bruder, ich bin nicht gut im Sinne der Pastoren. Ich weiß auch, dass Huren, um deutlich zu reden, schlecht sind, aber ich fühle doch etwas Menschliches in ihnen."*

*Vincent Van Gogh*

*Euch* interessiert nur die Befriedigung des Körperlichen. Der Seele und der Dichtung des Herzen gebt ihr keine Achtung. Ihr seid ohne Poesie, so seid ihr fest im Schlamm der Finsternis. Alles was zählt bei euch, ist das Recht der Reichen und Mächtigen. Alle anderen sind Sklaven derer. Ihr seid eine primitive Rasse und versteht nur die Sprache des Starken, der Stärke. Nein, ich fälle kein Urteil über euch, dies sind nur Beobachtungen. Das Urteil wird nach dem Tode gefällt werden, von der Mutter Natur. Nein, die Zukunft lässt sich nicht voraussagen. Sie kann nur erschaffen werden. Solange ihr den Idealen des weißen Menschen folgt wird eure Welt eine Hölle bleiben. Solange Besitzen und Regieren euch Heilig sind. So sprach die Liebe. So sprachen die Indianer.

*„Sprich, damit ich dich Sehe."*

*Sokrates*

*Ja*, der Liebende redet stets in der Sprach der Dichtung. Denn die Liebe ändert sich ständig. Sie ist kostümiert in verschiedenen Kleidern, jeden einzelnen Moment. Eure Rasse ist in der Technologie fortgeschritten, doch die Poesie und Dichtung ist euch fremd. Ohne Dichtung kann man nichts Schönes Erschaffen. So sprach die Liebe. So sprach Johann Wolfgang von Goethe.

*„Wenn jeder Frau auf der Welt die Freiheit gewährt wird, ihr Potenzial zu entfalten, dann wird es viele erleuchtete Frauen geben, viele, viele weibliche Mystiker, Poeten, Maler.“*

*Osho*

*Im* Namen der Religionen sprechen die angeblichen Repräsentanten Gottes. Sie sind Lügner. Sie möchten die Menschen körperlich und seelisch als Sklaven halten. Ihr sollt nicht zur Liebe finden. Der Klerus der Religionen, sie hassen die Liebe. *Die Wahrheit*. So sprach die Liebe. So sprach der Koran.

*„Aber der Tag ist nicht mehr weit, dann wird die ganze Erde voller Lachen sein. Anstatt über Kriege zu reden, anstatt der weltweiten Reden von Politikern, anstatt der Predigten dummer Priester, die gar nichts wissen"*

*Osho*

*Ein* letzter Blick in Richtung Marktplatz. Dort verharrt die Menge. Dort sind der höchste Wert, die Finanzen. Es geht ums Markten. Alles andere hat keinen Wert auf dem Marktplatz. Ihre Münder reden nur über das Geld. Dort möchte man nichts von der Liebe hören und wissen. So sprach die Liebe. So sprach Kierkegaard.

*„Die Psyche der Frau ist vom Mann korrumpiert worden, er hat ihr Dinge erzählt, die nicht wahr sind, er hat sie zu seiner Sklavin gemacht, sie zur zweitrangigen Erdenbewohnerin gemacht. Und der Grund dafür ist, dass er muskulöser ist, stärker. Aber die Muskelkraft gehört zur Tierwelt, wenn die seine Überlegenheit beweist, dann jedes Tier ist muskulöser als der Mann."*

*Osho*

*Müde* ist die Liebe von all dem Unsinn, welches sich im Namen des Denken auf der Welt abspielt. Sie möchte nicht mehr bei den Menschen bleiben. Bei den Blumen und Tieren fühlt sich die Liebe wohl. Die Menschen meidet es immer mehr. Zu grässlich, jene Bilder die sie bei den Menschen sieht. Nicht die Sprache ist das Tor zur Wirklichkeit, sondern das Schweigen. Doch die Menschen sind laut und möchten nicht in der Stille verweilen. Die Menschen denken ganz fest, dass Leben wäre ein Kampf, man müsse ein aktiv sein, das Leben würde aus Konflikten bestehen. Das Leben wäre ein reiner Überlebenskampf. So spricht die Menge und deren Herde. Das Recht des Stärkeren ist ihre heilige Schrift. So sprach die Liebe. So sprach Konfuzius.

*„Einer ist, dass die Frau Leben hervorbringen kann und der Mann nicht. Hier ist er unterlegen, und diese Unterlegenheit hat eine große Rolle dabei gespielt, dass der Mann die Frau dominiert. Der Minderwertigkeitskomplex wirkt folgendermaßen: Er täuscht Überlegenheit vor – er betrügt sich selbst, und er betrügt die ganze Welt. Also hat der Mann durch alle Jahrhunderte hindurch den Genius der Frau, ihre Talente und Fähigkeiten zerstört, damit er sich als überlegen beweisen kann – vor sich selbst und vor der Welt."*

*Osho*

*All* die Schulen und Universitäten lehren den Kampf, den Wettbewerb. Alles basiert auf Vergleich um die Geister der Kinder zu zerstören mit Konkurrenzkampf und Wettbewerb. Doch die Liebe ist in Liebe mit der Mutter Natur. Das Leben auf dem Marktplatz bedeutet Kämpfen, ein Wettkampf bis aufs Messer. Und wer weich und weiblich ist wird gekreuzigt. Der Morgen des Marktplatzes wird dunkel sein. Die Politiker und Priester sind ein Werk des Marktplatzes, um die Menschen zu versklaven. Sie stecken beide unter einer Decke. Sie betreiben gemeinsam dasselbe Geschäft. So sprach die Liebe. So sprach Schoppenhauer.

*„Aber der Tod ist nur dann groß, wenn auch das Leben groß war."*

*Osho*

*Unglückliche* Menschen. Wesen ohne Liebe können den Liebenden nicht vergeben für ihre liebenden Augen und wunderschönen Lieder. Menschen ohne Liebe finden im Leben keine Ruhe, sie werden auch im Tod keine Ruhe finden. Nur jene die Göttlichkeit erlangen im Leben, werden einen göttlichen Tod erleben. So sprach die Liebe. So sprach Rumi.

*„Das ist also ein Gentleman. Er zieht das vom Menschen gemachte Gesetz den Gesetzen der Natur vor. Ein Gentleman ist jemand, der die Existenz verraten hat, ein Gentleman ist jemand, der sich auf die Seite der Gesellschaft geschlagen hat. Und die Gesellschaft ist neurotisch, die Gesellschaft ist krank, die Gesellschaft ist absolut unnormal."*

*Osho*

*Die* Gesellschaft lebt nicht den Weg der Natur. Sie ist eine riesige Masse von Wahnsinnigen. Die meisten Menschen unterwerfen ihr Leben der Gesellschaft. So sprach die Liebe. So sprach Platon.

„Ein liebender Mensch wird nicht geachtet. Wie könnte die Gesellschaft auch einen liebenden Menschen achten? Also wird Jesus gekreuzigt, also wird Buddha gesteinigt, also wird Sokrates vergiftet. Die Gesellschaft huldigt die Liebenden erst wenn sie tot sind. Dann macht ihnen das nichts mehr aus, denn ein toter Jesus kann nicht rebellieren, ein toter Sokrates kann nicht rebellieren. Ein toter Buddha wird zum Avatar, zur göttlichen Inkarnation erhoben. Ein lebender Buddha ist gefährlich, aber einen toten Buddha darf man im Tempel anbeten. Merkt euch. Sobald diese großartigen echten Menschen sterben, werden sie von allen angebetet. Solange sie noch leben, kann niemand sie ausstehen. Genau die Leute, die Jesus kreuzigten, sind später zu Christen geworden, genau dieselben. Die Leute sind immer dieselben. Jesus konnten sie nicht ertragen, aber als ein Toter ist Jesus ihnen durchaus willkommen, was kann er schon anrichten. Einen toten Jesus habt ihr in der Hand, ihr interpretiert ihn, ihr spinnt ihn in Theorien ein, er kann nichts mehr sagen, ihr macht ihn zu eurem eigenen Sprachrohr. So ist es immer."

Osho

Die Liebe richtet sich nach ihrer eignen Natur. Die Liebe hält sich nicht an Sitten. So sprach die Liebe. So sprach Gurdjeff.

*„Hinduismus und Islam haben ihre höchste Blüte im Sufismus entfaltet. In ihm begegnen sich Hindu und Muslime, und aus dieser Begegnung ist eine wirklich schöne Blüte hervorgegangen, die eine Kreuzung ist, der Sufismus. Der steht weit über allem, was es im Hinduismus gibt, und weit über allem, was es im Islam gibt. Er steht über beidem, er hat seine beiden Eltern transzendiert. Das Kind ist schöner als seine Mutter und sein Vater.“*

*Osho*

*Echte* Tränen sind besser als ein falsches Lächeln. Doch die Welt muss sich entscheiden, mag sie weiterhin den Weg des harten Mannes gehen, oder wird endlich die Weiblichkeit siegen? Ja, der Weg des Weiblichen ist mysteriös, unerklärlich schön. Der Weg des Männlichen ist bestimmt von starrer Logik. So sprach die Liebe. So sprach Pippi Langstrumpf.

*„Die Verschmelzung von Islam und Hinduismus vollzog sich in Indien. Der Islam kam nach Indien, traf dort auf den Hinduismus, und ein wunderschönes Kind kam zur Welt."*

*Osho*

*Ich* biete wunderschöne Blumen der Liebe an. Doch niemand vermag sie zu kaufen. Es schneit, ein weiteres Jahr vergeht. So sprach die Liebe. So sprach *Burak Tuncel*.

*Euer* Intellekt beansprucht alle Teile eures ganzen Lebens. So habt ihr ein riesen Problem. Zur Liebe werdet ihr auf diese Weise nicht finden. Nein, ich habe nichts gegen den Intellekt, doch der sollte nur ein Weizenkorn im gesamten Leben sein. So klein, wie nur nötig. Die Liebe heilt alle Wunden und Gifte, die aus Menschenhand gemacht wurden. Ich sehe, dass ihr es nicht ernst meint. Ihr wollt nicht, dass die Dinge sich auf der Welt zum Besseren wenden, sonst würdet ihr auf die Liebenden und deren Wörter und Werke hören. Ihr wollt einfach nicht meine Bücher lesen, da ihr wisst, dass es die Wahrheit ist, und ihr habt Angst davor. Ihr würdet sonst sehen, in welch einer großen Lüge ihr Leben würdet. Wie sinnlos eigentlich euer Leben ist. So sprach die Liebe. So sprach Hafis.

*„Der Mann hat alles falsch gemacht, was er falsch machen konnte, alles Unmenschliche, was möglich ist."*

*Osho*

*Eure* Gesetze können die Liebe nicht dulden. Es wäre gegen ihre Strukturen. Eure Gesetze ehren den Stärkeren. Die Liebe ist stets mit den Schwachen und Ausgegrenzten. Wenn die Liebe kommt zerbrechen alle eure Gesetze. Doch dies könnt ihr nicht zulassen. So tötet ihr die Boten der Liebe, die wahren Künstler. Ihr bricht deren Lebenswillen mit euren Gesetzen. Die Liebe ist uferlos, ozeanisch. Die Haltung der Liebe ist mit eurer gewalttätigen Welt nicht vereinbar aus eurer Sicht. Eure Gesetze fördern den Heuchler. Eure Gesetze erzeugen Verbrecher. Reiche und Arme. Das Gesetz lässt einen nicht leben. Es erschwert das Leben. Die Gesetze sind von unbewussten Menschen gemacht worden, ohne einen Hauch von Liebe. Das Gesetz bringt den Verbrecher hervor und auf der anderen Seite den Rechtsanwalt. Der Anwalt und der Verbrecher sind alle beide vom selben Schlag. Gesetze die gegen die Liebe verstoßen sind eigentlich das Illegale. Alles sollte im Dienste der Liebe stehen. So sprach die Liebe. So sprach Sadi.

*„Ihr denkt nur mit den Augen, da könnt ihr sehr leicht getäuscht werden."*

*Jackie Chan*

*Die* Gesellschaft möchte, dass die Menschen abstumpfen. Die Empfindsamkeit soll getötet werden. Die Gesetze der Wirtschaft dienen dazu, die Liebe zu eliminieren. Man soll nur dies Tun was einem befohlen wird, von einem Menschen einer höheren Position. Doch die Liebe sagt Nein zur Gehorsamkeit. Es gibt keinen Höheren und keinen Unteren. Man wird zu Robotern und Maschinen in ihrer Wirtschaftswelt. Das Nachdenken möchten sie verbieten. Die Normalen ducken sich nach oben und treten nach unten. Dieses Verhalten bildet den Terrorismus der heutigen Zeit.

*„Der Mann leidet an einem großen Minderwertigkeitskomplex, denn er kann kein Kind gebären. Das ist eins der größten Minderwertigkeitsgefühle in seinem Unbewussten. Er weiß, dass die Frau überlegen ist, es gibt nichts Höheres, als Leben zu gebären.“*

*Osho*

*Nein*, weinen werde ich nicht, diesmal. Ich werde euch diesen Wunsch nicht erfüllen. Euer Urteil steht fest, ich muss dieses Land verlassen. Zu sehr weinte ich als ich unter Euch verweilte, zu grau und trist die Tage hier. Fern von Liebe und Kinderlachen. Die Tränendrüsen sind vertrocknet, ihr Wart der Grund dafür. So sprach die Liebe. So sprach *Burak Tuncel.*

*„Und die einzige Möglichkeit, diesen Minderwertigkeitskomplex zu überwinden war, die Frau auf jede Weise zu erniedrigen, damit er seinen Komplex vergessen und glauben kann, er sei überlegen."*

*Osho*

*Die* Menschen denken, dass sie liebevoll wären. Doch sieht man ihnen in die Augen, dann findet man nur Unglück und nichts weiter. Also ist irgendetwas schiefgelaufen, hat man etwas anderes als Liebe getauft. Ja, alles ist schön verpackt bei euch, doch im Inneren ist alles Verwuchert. *So ist der Menge Zustand.* Die Liebe möchte bedingungslos teilen, doch eure Gesellschaft ist aufgebaut auf dem Prinzip des Nehmens, sonst hat man ja weniger. Die Liebe steigt nicht auf zum Himmel bei euch. So gebet alle Glaubenssysteme auf, und widmet euch der liebevollen Poesie und Dichtung. So sprach die Liebe. So sprach Khalil Gibran.

*„Ich bin für die Befreiung der Frau, aber nicht so wie die Frauenbefreiungsbewegung. Sie geht in die Reaktion, es ist keine wirkliche Revolution. Sie versucht, den Mann zu imitieren, und vergiss nicht, Imitation macht dich nie gleichwertig, Imitation macht dich höchstens zu einer billigen Kopie – aber ein Original ist echt.“*

*Osho*

*Wo* immer die Liebenden ihren Blick richten sehen sie die Göttlichkeit. Die Masse schnüffelt wie ein Geistesgestörter dem Geld nach. In euren Städten gibt es immer mehr Psychiatrien. Denn euer Alltag ist ohne Liebe. So schwächeln die Sensiblen und landen in der Irrenanstalt. Während jene ohne Herz und Gewissen weiter ihr Geschäft treiben. Sie verpesten die Gesellschaft. Bei euch wird nicht geliebt, deswegen all die langen Gesichter unter euch. Das Leben hält immer zum Neuen, doch ihr wollt in eurem konservativen Denken fest halten. So sprach die Liebe. So sprach die Bibel.

*„Wenn Frauen in der Vergangenheit respektiert worden wären, wäre die Menschheit heute nicht so im Chaos – denn die Frauen machen die Hälfte der Menschheit aus. Der Hälfte der Menschheit wurde die Würde abgesprochen, sie bekam keine Ausbildung, wurde aller Freiheit beraubt, aller Entwicklung. Wir haben uns selbst geschadet, uns behindert. Wir haben die Hälfte von uns zerstört, wenn es uns schlecht geht, wer hat die Schuld?"*

*Osho*


*Wieso* schenkt ihr den Dichtern, den Boten der Liebe keine Beachtung? Sie sind Boten des Herzen, der Wahrheit, sie sind Boten Gottes. Sie sind schöne Engel, die gesandt wurden um euch zu eurer wahren Natur zu führen. Doch ihr verehrt die Mächtigen und Herzlosen. Ihr seid Gehorsam den Unbewussten Menschen, jene die, die Welt zu einer Hölle machen. Dem Dichter ist die Wahrheit zur Heimat geworden, doch ihr vertreibt sie aus seiner Heimat. Ihr nennt sie *Fremde*. Wie soll das Leben euch nun lieben? Nach all diesen Taten gegen die Boten des Lebens. Ihr betet die Menschen an, die dem Ego folgen und erschafft damit all das Chaos im Namen des Unsinn, der auf der Welt regiert, mit all seinen Strukturen. Das Ganze ist miteinander verbunden, doch eure Nationen und Religionen spalten das Ganze. Ihr betet die weltlichen Güter an, Unglück ist die Folge. So sprach die Liebe. So sprach Arno Gruen.

*„Wer überlegen sein muss, um sich wohlzufühlen, der leidet unter einem tiefsitzenden Minderwertigkeitskomplex. Nur ein unterlegener Mensch muss sich dauernd seine Überlegenheit bestätigen."*

*Osho*

*Die* Liebe folgt der Weiblichkeit. Der Intellekt ist männlich und Aggressiv. Eure Welt wird vom Intellekt regiert. Deswegen bleiben euch die Gipfel des Himalayas verwehrt. Ihr wälzt euch unten im Tal der Finsternis. Die Liebe wartet überall, sie wartet in majestätischer Stille. Eure Städte sind schnell, laut und aggressiv. Dort wird sie niemals sein können. Es ist gegen ihre Natur. So sprach die Liebe. So sprach Amaru Shakur.

*„Das Christentum tötete tausende weiser Frauen, verbrannte sie lebendig. Sogar der Name „Hexe" – der weise Frau bedeutet und nichts anderes – wurde zur Verdammung und dasselbe geschah im Osten. Alle Religionen sperrten Frauen aus, und ich kann sehen, dass es aus großer Angst geschieht. Wenn Frauen dieselben Chancen wie Männer haben, werden sie ihnen in der Gotteserfahrung weit überlegen sein, und das geht dem Mann gegen sein Ego."*

*Osho*

*Nein*, ihr habt nicht vom Geschmack der Liebe gekostet, so könnt ihr nicht die Liebenden erkennen. Das Glück des Liebenden ist seine wahre Natur. Eure Masse ist entfremdet seiner inneren Wirklichkeit. Maschinen und Roboter können nicht lieben. Die Liebenden singen selbst in der Stunde ihres eigenen Todes. Währen ihr eurem Besitz nachtrauert. Die Masse wird im Grab verschwinden, die Liebenden leben für immer weiter in den Lieder der Kinder und Blumen. So sprach die Liebe. So sprach Aisha.

*„Meine Betonung liegt darauf, den Frauen Respekt zu verschaffen und wenn sie gleich sind, ist das nicht gegen den Mann gerichtet. Diese Welt gehört euch beiden, und ihr müsst zusammen wirken, um sie so schön und so göttlich wie möglich zu machen. Der Mann allein – ihr habt nur Kriege geführt. In dreitausend Jahren fünftausend Kriege. Ist das Leben nur zum Kämpfen da? Ist das Leben nur zum Töten, zum Morden, zum Vergewaltigen da? Eure ganze Geschichte ist voller Morde und ihr nennt diese Mörder eure großen Männer?"*

*Osho*


*Was* die Universitäten vermitteln ist Information, kein Wissen. Ihre Informationen sind alt, abgestanden, geborgt, schmutzig weil es durch tausende Hände gegangen ist. Dort ist die Liebe zur Weisheit fern. So bilden der Theist, der Atheist und die Intellektuellen an den Universitäten eine Familie. Sie sind vom gleichen Schlag. Sie kennen die Liebe nicht. So sprach die Liebe. So sprach Ramana Maharshi.

*„Ich liebe die, welche nicht zu leben wissen, es sei denn als Untergehende, denn es sind die Hinübergehenden."*

*Friedrich Nietzsche*

*So Erdensohn*, so befrei dich. Losgelöst von allen Fesseln der Mechanik, des Intellekts, so sollst du finden zur Menschlichkeit. Doch furchtbar zerstört mein Geist, die tödliche Trunkenheit, Oh nehme ein mein Gemüt. Wahnsinn oder Selbstmord, so der Ausweg aus diesem Stück namens Liebe. Unverstanden von der heutigen Generation, so sitze ich stumm in meiner armen Hütte, mein treuster Freund, der Hund Blacky.

*„Eine echte Beziehung zu einem anderen Menschen ist nur möglich, wenn Ehrgeiz, Misstrauen, Konkurrenz und Besitzdenken mit all der verbundenen Bitterkeit, Wut und Frustration völlig abwesend sind."*

*Jiddu Krishnamurti*

*Es* ist ein Heldenkampf der Künstler der Liebe. Schöpferisches Treiben führt zu Nervenzusammenbrüchen. Der herrlichste Zusammenbruch der Menschheit, im Opfern für die Kinder und die Tiere. Was ich dafür habe. Kein Auto, kein Haus, kein dauernder Beruf, kein gesichertes Amt. Nomadisch die Natur des Werkenden. Missachtet und ohne Eigentum gelassen. Weder habe ich ein eigenes Bett, noch einen Sessel. Die Bücher kaufe ich mir mit meinem letzten Geld. Manchmal verzichte ich auf Essen und Trinken um Bücher zu kaufen. Diese Misere gehört dieser heuchlerischen Gesellschaft. Von ihnen auferlegt dieses traurige Los. Das Werk der Bücher bleibt ohne Ertrag. Immer stehen wir Künstler des Lebens mit leeren Händen da. Es ist das Schicksal der Werkenden Liebenden. So sprach die Liebe. So sprach Aisha.

*„Denn schwer erkennt der Sterbliche die Reinen."*

*Der Tod des Empedokles 1*


*Es* ist die Armut, welches mein Glück ist. Die Schönheit des Lebens. Das Fließen der Tränen macht das Herz lebendig. Armut, das schönste Antlitz. Das schönste Weib. Die Armut mein Geschenk, wegen der Empörung gegen die bestehende Ordnung. Doch lieber zerbreche ich daran, als euch Gehorsam sein. Ihr tötet die Kinderseelen und vergiftet ihre wunderschönen Seelen und Körper. Das Zarte in ihnen, seid ihr Mörder. Nein, ich kenne nur die Unsterblichkeit, dies ist der einzige Weg, der kommen soll in Frage. Die Kunst der Liebenden steht über dem Leben. Die Dichtung steht zu allen Zeiten Menschen Lebens über der Realität. Die Musik der armen Liebenden Klavierspieler ist unser schönstes Dasein auf Erden. Dieses Klavier  bringt Berge zum Zittern. Dieses Klavier, so verachtet eure scheußliche Realität. So sprach die Liebe. So sprach Hölderlin.

*„Wenn man all das beobachtet, den herrlichen blauen Himmel, das stille Meer und all diese von Gier und Angst getriebenen Menschen, fragt man sich, wohin das alles führen wird?"*

*Jiddu Krishnamurti*

*Eure* Welt opfert die Dichtung dem Gelde. Eure Zungen so sollte man die abschneiden? Vielleicht möge dann endlich Ruh sein. Ruh von Gewalt und Kampf. Ja, der Menschen Worte auf dem Marktplatz verstand ich nie. In den Armen der Liebenden wuchs ich groß. Das Göttliche sehen, die allein können nur, die es sind. In der Seele des Dichters stets Kummer und Freude zugleich. Wie bei Gautama Buddha. Oh ihr kummervollen Melodien, so regnet auf mich, auf mich.

*„Du edles Leben, siehest zur Erd und schweigst. Am schönen Tag, denn ach! Umsonst nur Suchst du die Deinen im Sonnenlichte. Die zärtlich, großen Seelen, die nimmer sind."*

*Hölderlin*


*Himmlischer* Gesang redet zu mir. Spricht zu mir, singt zu mir. Denn es scheint als singen die Engel überall um mich, nur so entstehen diese Lieder der Sehnsucht nach der unsterblichen Leyla. *Ach, wär ich nie in eure Schulen gegangen.* So habe ich Leben dieses schönen Lebens in euren toten Schulen verloren. Dort keine Melodien der Schönheit, des Mystischen. Unter die harten Menschen geraten, zart die Blumen der Feinfühligkeit. Das Herz schweigt und duldet, denn sie verstehen dich nicht.

*„Der Lärm, das geschäftige Treiben, das endlose Geplapper der Menschen schienen die ganze Luft zu erfüllen, und alle, die in den Läden hin und her hasteten, schienen so gierig, so hungrig zu sein nach den Dingen, die sie kauften."*

*Jiddu Krishnamurti*

*So* trete ich auf mein Leid, welches ihr mir auferlegt habt und trete höher. So flieg auf zu den Göttern. Auf der Suche, so fliege ich mit meinem Hund, auf der Suche nach einer schöneren Welt. So schweigen wir. Es häuft sich eine Last auf uns. So wenige, die an mich glauben. Vergesse die Welt um mich, wenn mein Hund bei mir.

*„Verlangen und Lust enden im Leiden, und die Liebe kennt kein Leid."*

*Jiddu Krishnamurti*

*Das* Schöne dieser Welt habe ich genossen. Doch verflossen der Jugend Freuden. *Mai und Juni. Nun ferne. Doch das Werk ist bald vollendet. Zum Kinde geworden meine Dichterseele.* Atmen ist Dichtung. Ich dichte in meiner armen Stube, weil ich es unter euch nicht mehr aushalte, so redet die Liebe. So flüstert die Liebe zur Schönheit. Froh bin ich, in meiner eigenen Gesellschaft, da darf ich wahr sein, da darf der Dichter leben. Unter euch der Henker, mag Töten die Poesie. Der Henker euer Wesen. So ist das Leid stets mit mir. Ich rede zu niemandem mehr, außer meinem Hund. Niemand hört mir zu. Niemand hört das prophetische Wort.

*„Der Wunsch zu dominieren, andere zu beherrschen und zu unterjochen, scheint etwas ganz Normales für den Menschen zu sein. Man sieht das beim kleinen Kind wie beim so genannten erwachsenen Menschen, mit all subtilen Facetten, mit der ganzen Grausamkeit und Hässlichkeit."*

*Jiddu Krishnamurti*

*Der* Geist hat sich verabschiedet in ferne Welten. Fern, die geistige Gesundheit. Die Ärzte wissen nicht weiter, sie kennen die Dichtung nicht. Die Tragödie meiner Poesie geschieht mitten in Deutschland, und alle schauen weg. Das Weibliche wird vergewaltigt vom Männlichen hier in diesem Land. Keine Zuschauer hat mein Drama, keine Zuhörer, keinen Zeugen. Rauschende Liebesmusik in meinen Werken, doch niemand hört mehr zu, einem Geisteskranken. Immer allein unterwegs mein Haupt auf den Straßen. Lange Spaziergänge regen zum Denken an. Manchmal verliere ich die Orientierung, wo bin ich nur? Meistens finde ich mich auf dem Marktplatz, der Menschen wieder. Dort noch verwirrter  der Geist. Nie gehe ich zu den Menschen hinab. Dort unten trüb die Ausstrahlungen ihrer Gesichter. In der langen Einsamkeit fühle ich mich Zuhause.

*„Dieser Wunsch nach Macht, nach Status und Prestige wird schon in den Kindern geweckt, weil sie dazu ermuntert werden, sich zu vergleichen und mit anderen zu messen. Daraus entstehen die Konflikte, der ständige Kampf, das Streben, etwas zu erreichen, erfolgreich zu sein, Erwartungen zu erfüllen.“*

*Jiddu Krishnamurti*

*Niemand* kommt, wo sind all die Freunde geblieben? Es ist die geistige Verwirrtheit, jene die ihnen Angst macht. Wer liest mir vor? Ein Märchen von der Liebe. Immer muss ich mir selbst vorlesen. In den Augen meines Hundes lese ich die schönsten Märchen und Liebesgeschichten. Meine Einsamkeit reicht für die ganze Welt. Die Menschen immer auf der Flucht vor ihrer eigenen Einsamkeit. Doch lassen alleine, sollen sich mich in meiner Einsamkeit. Ich bin der Fremde in ihren Augen. Der fremdeste Mensch der heutigen Zeit. Niemand möchte Zeugen meines geistigen Todes sein. Doch nach meinem Tode wird man mich verehren und vergöttern, dies weiß ich. Niemand ist Zeuge meines geistigen Lebens. Bis zur Erschöpfung schreibe und lese ich hohe Literatur, doch keine Zeugen. Doch bin ich Zeuge ihrer unmenschlichen Welt.

*„Die Schlange, welche sich nicht häuten kann, geht zugrunde. Ebenso die Geister, welche man verhindert, ihre Meinungen zu wechseln. Sie hören auf Geist zu sein."*

*Friedrich Nietzsche*

*Nein*, diese Werke sind nicht zu bannen in eine Lehre, in ein gewisses Dogma oder an eine Überzeugung. Diese Sachen gehören zu euren Welten. Die Künstler der Liebe fließen wie die Quellen der Ozeane. Das Wesen der Liebenden ist fortwährende Verwandlung, bei euch ist alles Statisch.

*„Wir Luftschiffer des Geistes."*

*Friedrich Nietzsche*

*Wir* haben Sünden nötig. Sonst keine zärtlichen Töne. So werden wir zu Meistersängern. So entstehen unsere Symphonien. Die Lieder der Nächte, so, singen wir zusammen mit den Prostituierten. So wird das Gift zu unsrer Arznei. So werden die Prostituierten geheilt, und wir Liebenden übernehmen ihre Dienste. Ihnen soll es gut gehen, wir Dichter nehmen das Leid auf uns. Die Nacht unser Hafen. Musik. Oh, Musik. Die Musik der Nacht verstößt euren Marktplatz, wo all die Prostitution produziert wird. Ein großer Mensch wird gestoßen und somit hinaufgemartert zur Schönheit, am Ende der Geschichte.

*„Der Geschäftsführer in seinem großen Auto wird respektiert, und er selbst zollt wiederum nur demjenigen Respekt, der ein noch größeres Auto, ein noch größeres Haus, ein noch höheres Einkommen hat.“*

*Jiddu Krishnamurti*


*Eure* Götter des Geldes habe ich verstoßen, so bleibt mir nun die Armut. Das schönste Geschenk von euch. Ich danke euch. Dies lässt die Seele zur Göttlichkeit finden. So folgt mir sagte ich, doch das Geld war süßer und einfacher. Die ewige Heimkehr, so naht bald. So dichte ich die letzten Abendlieder. Kalt der Herd, kalt das Essen, doch warm die Lieder meiner Stube. So kehre ich zurück zur Einsamkeit. Verwundet wurde ich in euren Großstädten. Euer Land zu hektisch und widmet sich den unmenschlichen Energien. So ist es leer um mich geworden.

*„Ein Mensch, der nach Macht strebt und konkurriert, ist offensichtlich nicht in der Lage zu lieben, selbst wenn er eine Familie und Kinder hat, die er zu lieben behauptet.“*

*Jiddu Krishnamurti*

*Jedes* neue Buch, welches ich schrieb kostet mich die Gesundheit. Jedes Werk einen neuen Krach mit der Gesellschaft, die ich bewohne. So verschenke ich meine Bücher, doch niemand liest. *Verwundet von den intellektuellen Henkern, die nichts von Weisheit verstehen.* Sie betrügen sich selbst. Im Kerker der letzten Einsamkeit angekommen. So sitze ich mit meinem Hund. Und Deutschland schaut weg. Sie sehen es, *doch wollen es nicht sehen.* Doch die Dialektik der Geschichte wird es ihnen nicht verzeihen. Ein weiterer Liebender Schaffender wurde umgebracht inmitten in Deutschland.

*„Diese Welt ist wirklich eine Welt des Kummers und Leids und man muss ein Außenseiter sein, um lieben zu können. Ein Außenseiter zu sein heißt lieben, allein zu sein, ungebunden zu sein."*

*Jiddu Krishnamurti*

*Es heißt*, dass Gott vergebe, doch der Gott der Propheten vergibt nicht. Denn gesandt wurde die Liebe, doch die Masse verleugnete sie. Die Liebe tanzt immer über dem Abgrund der Herde. Die Masse geht unter, weil sie nicht hörte auf die Liebe. Pausenlos, atemlos. So schrieb ich im Namen der Liebe. Überfallen wurde ich von ihr. Welch seliges Überfallen werden. *Die Ärzte geben mir das Stigma der Megalomanie, doch wenn gesund, wie schöpferisch sein?* Trunken haben Osho, Rumi und Van Gogh die Seele gemacht. Sie sind im Geheimnis nun Zuhause, bei den Indianern. Dort mag überfließen die Welt, hinüber zu ihrer Welt. Der Gekreuzigt zu sein, ist mein Glücksfall. So werde ich schneller zu den Liebenden finden. Die Vereinigung ist nah.

*„Man kann die Härte in den Gesichtern der Menschen sehen, deren gesamtes Denken und Tun um das „Ich" und das „Du" kreist."*

*Jiddu Krishnamurti*

*Doch* alles Wissen kommt aus dem Leiden. Man wird immer feiner im Schmerz. Die Nächte sind lang. Beim Mond. *Die schönste Gefährtin.* In die Tiefe steigt man nur in der Nacht. Musik der Nacht überflutet die Seele. So schöne Nacht, singe mir ein neues Lied. Heut Nacht. Die Welt ist betäubt von Geld, so singe ein Lied vom Himmel. Der ewig Besitzlose, nur Werke hinterlässt dieser Mensch, den die Liebe sprechen ließ. Die ewige Jagd nach den Märchen der Welt, so die Mission Buraks. Den Boten der Liebe.

*„Bücher? Hat er auch nicht Bücher geschrieben? Irgendjemand antwortet mild. Aber er versteht es nicht mehr. Wem solcher Orkan durch die Seele gebraust, ist taub für alles Menschenwort. Wem der Dämon so tief ins Auge gesehen, der bleibt geblendet."*

*Stefan Zweig*

*Zart wie Tee*, wieso werden wir nicht? Das Mildtätige fern den Mündern und Herzen. Welch Seligkeit in einem Glas Tee. Doch fern diese Tropfen auf dem Marktplatz. Im Tee, die sanfte Kunst des Ostens zu schmecken. Doch barbarisch, der weiße Mann. Wann wird der Westen sich endlich loslösen von seiner Härte und sich dem zarten Osten widmen? Die Verehrung des Wunderbaren und Mystischem, dem Westen leider fern. So sind Krieg und Wettkampf das Ergebnis. Keine Freude und Tränen in den Augen. Betäubt die Herzen durch Drogen. Der europäische Imperialismus verachtet den Tee des Ostens. Der Westen hat einfach keinen Tee in sich. Wenn man durch die Straßen hier in Deutschland läuft mit offenen Augen, *wird man mich leichter verstehen.* Der weiße Spottet über die Poesie des Ostens, doch konsumiert er ihre Schönheiten. Das koloniale Amerika weiß nicht einmal, dass es die Poesie und Dichtung gibt.

*„Du betrachtest all diese Menschen und fragst dich, was mit der Menschheit geschehen ist. Die Jungen finden sich irgendwann im gleichen ausgefahrenen Gleis wieder wie die Alten.“*

*Jiddu Krishnamurti*

*Am Weinen* sind die Sterne im Westen. Sie verloren ihre Heimat dort, der Mond wandert ziellos durch die Gassen dort. Hier üben die Menschen nur Wohltätigkeit aus, wenn sie Nutzen davon haben und Wissen aus schlechtem Gewissen. Der Tee ist der Meister aller Meister. Er zeigt den schönen Weg. Doch der Westen mag nichts vom Meister des Tees wissen. Die Jugend hier wird materialistisch erzogen. Nur das Bruttosozialprodukt zählt. *Das Glück bleibt draußen, vor der Türe stehen. Oh, nein meine Damen und Herren.* So könnt ihr nicht zu den Höhenflügen der Dichtung finden, und eure Kinder werden es auch nicht tun, auf dies Art und Weise.

*„In dieser Welt herrschen der denkende Verstand und die Selbstbezogenheit.“*

*Jiddu Krishnamurti*

*Die* westliche Welt hält sich für modern. Doch Modern bedeutet in diesem Sinn, alt und ernüchtert. Fernab von der Dichtung und der Majestätischen Glanz der alten Dichter. Die Natur wird nicht verehrt, sondern erobert hier im Westen. Der Pfad zum Gedicht, fern dem Westen. Der Pfad führt immer zu Macht, Eroberung, Geld und Ruhm. So werden die Kinder in den Schulen erzogen. Dort wird den Kindern nicht die Schönheit einer Blume gelehrt, oder das im Teilen alle Seligkeit versteckt ist. Das Alles eins ist, dass alle Wesen der Welt *beseelt* sind. Das Liebe das höchste Ziel ist im Leben. Dort werden die Kinder in Nationalitäten, in Religionen eingeteilt. Die Reichen Kinder unter sich und die Armen bleiben unter sich. Dies ist eine sehr perfide Strategie des weißen Menschen. Er liebt jegliches Spalten. Er findet Genuss im Spalten, *im Töten der Kinder Herzen.*

*„Korruption existiert auf den höchsten wie auf den niedrigsten Ebenen."*

*Jiddu Krishnamurti*

*Ja*, sie vergeben den Liebenden Seelen nicht, weil sie wissen, dass sie selber im Unrecht sind. Die gegenwärtige Welt, der Beweis für ihre Brutalität am Leben. Doch wie kann man der Welt auf dem Marktplatz ernsthaft begegnen, wenn diese Welt selbst so lächerlich ist? Die Universitäten sind nur Verkäufer von Wissen. Sie sind nicht interessiert an der Wahrheit. Sie können nur den ganzen Tag davon reden, doch werden sie die Wahrheit nicht erfahren können, mit einem am Haben orientierten Wesen in sich.

*„Ich sah in die Ferne, doch weder sind Blumen, noch farbige Blätter. Am Ufer des Meeres steht eine einsame Hütte. Im schwindenden Licht, eines Herbstabends."*

*Rikyu*

*Keine Risse* im Herzen der Menschen hier, so kann die Liebe nicht eindringen bei ihnen. Keine Fülle bei ihnen, der Frühling fern. Nichts ist erhebender als die Vereinigung verwandter Seelen in der Kunst. Im Augenblick der Begegnung geschieht die höchste Form der Weisheit. Er verliert sich selbst, um sich zu gewinnen, um Werke der Menschheit zu hinterlassen. Der Preis dafür wird die Armut sein, auferlegt von der bestialischen Gesellschaft, die er bewohnt. Doch die Künstler leben für die Unendlichkeit, nicht für die tote Masse.

*„Warum entfernt man Pflanzen aus ihrer natürlichen Umgebung und verlangt, dass sie an fremden Orten blühen? Ist es nicht dasselbe, wie Vögel in Käfige zu sperren und zu erwarten, dass sie dort singen und sich paaren? Weiß man denn, ob die künstliche Wärme in unseren Gewächshäusern den Orchideen nicht den Atmen nimmt? Ob sie nicht verzweifelte Sehnsucht nach einem flüchtigen Blick in ihre eigenen südlichen Himmel plagt?*

*Kakuzo Okakura*

*Heute Morgen* war ich auf dem Marktplatz und sah angebliche Künstler. Doch sie hatten mit Kunst nichts am Hut. Ihre Literatur beruht nicht auf wahren Gefühlen. Sie sind nur Eigentum des weißen Mannes. Sie halten das Billige, Einfach für Kunst. Sie sind so hohl. Sie verachten das Schöne im Leben und reden von Kunst, diese Mörder der Kinder. Die Leute auf dem Marktplatz betrachten alles nur mit den Augen, deswegen kann man sie so leicht täuschen und versklaven, und sie merken es nicht einmal.

*„Wenn man uns tief in den Staub legt, sind sie es, die Blumen, die trauernd an unseren Gräbern verweilen."*

*Kakuzo Okakura*

*Ja*, der Gott heutzutage ist Groß und das Geld ist sein Prophet. Die Materie hat die Menschen zu Sklaven gemacht, hier. Die Verschwendung von Blumen und wie man mit ihnen hier umgeht, bricht das Herz der Fühlenden. Millionen von Blumen werden jeden Tag ermordet. Nachdem man sie benutzt hat, wirft man sie am nächsten Tag wieder in den Müll. Und dies nennst du zivilisiert, Westen? So achtlos ist man hier in diesem Erdteil der Welt den Blumen gegenüber. Wer die Blumen auf diese Art behandelt, wird alles andere genauso behandeln. Keine Feinfühligkeit in den Herzen.

*„Wohin gehen all die Blumen, wenn der Trubel vorüber ist?*
*Nichts ist erbärmlicher als der Anblick einer welken Blume,*
*die man gleichgültig auf einen Misthaufen geworfen hat."*

*Kakuzo Okakura*


*„Warum wurden die Blumen so schön und doch so glücklos geboren",* *schreibt Kakuzo Okakura.* Es scheint, dass dies Schicksal aller Liebenden Dichter und Künstler sei. So schön und doch so glücklos. Alle Wesen der Welt der Tiere können sich wehren, doch die Blumen stehen hilflos vor ihrem Vernichter. Niemals erreicht ihr Schrei die Ohren der Menschen, ihre Mörder.

*„Immer schon waren wir grausam zu denen, die uns lieben und dienen, ohne die Stimme zu erheben. Aber die Zeit wird kommen, wenn die besten Freunde, die wir haben, uns für unsere Grausamkeit verlassen. Hat denn keiner bemerkt, dass die Wildblumen mit jedem Jahr seltener werden? Es mag sein, dass ihre weisen Männer ihnen geraten haben, fortzugehen, bis der Mensch menschlicher wird. Vielleicht sind sie in den Himmel gezogen.“*

*Kakuzo Okakura*


*Mörderisch* der Instinkt der Menschen, wenn ich durch ihre Straßen laufe. Fliehen möchte ich, weg von ihnen. Die Tiere suchen sich Plätze zum Verstecken. Sie fühlen, dass sie nur zum Fressen benutzt werden. Sie haben Angst vor dem Menschen hier im Westen. In den Augen der Tiere kann man Gott sehen, kann man die Dichtung der Existenz sehen und die wunderschönen Koordinaten des Lebens.

*„Durch die Auflösung des Alten wird Neuschöpfung möglich."*

*Kobo*

*Die Blumen* sollten unsere Fürsten sein, nicht die Steine. Die Künstler und Liebenden werden zur Kunst und Liebe selbst. So werden sie zu Blumen. Denn nur wer mit dem Schönen gelebt hat, der kann auch schön sterben.

*Die Vögel in den Bäumen flüstern die Schönheit in ihren Gesängen. Geheimnisvoll ihre Lieder. Wundervoll ihre Körper. Hat man da nicht das Gefühl, dass sie über die Blumen singen? Warum seht ihr dies nicht? „Der wahre Blumenfreund ist derjenige, der sie an ihrem natürlichen Lebensort aufsucht."*

*Kakuzo Okakura*

*Wer auch nur einen einzigen Zweig eines Baumes oder einer Blume abschneidet, die Natur misshandelt, soll dafür einen Finger verlieren, so lautet mein Gebet.* Es kümmert euch einfach nicht. Ihr habt kein Mitgefühl in euch. Ihr hört nicht auf die Liebe, deswegen all das Unglück bei euch, die Epidemien und Krankheiten. Sie sind nur ein Symptom eurer Unmenschlichkeit. Die Armen müssen sich im Dreck wälzen, während ihr Gleichgültig bleibt. Kinder bestehen nur noch aus Haut und Knochen, doch ihr reagiert nur wenn es euch selbst oder eure eigenen Kinder trifft. Nennt ihr euch Menschen?

*„Hitler konnte jedoch nichts ohne die Kooperation und Unterstützung und die bereitwillige Unterwerfung von Millionen von Menschen tun."*

*Neale Donald Walsch*

*Ohne* den Willen zur Schönheit zu haben, wird sich euer Elend nicht ändern. Ihr betrachtet euch nicht als Teil der menschlichen Familie. Es gibt Lehrer die euch Schönheiten zeigen, und Lehrer die euch das Niedrigste zeigen. Da ihr nur den Hitlers folgt, werden keine Blumen bei euch wachsen. Die Menschen streben nur nach einer besseren Lebensqualität für sich selbst. Sie sind nicht weitsichtig. Ihre kurzfristigen Gewinne werden zu langfristigen Verlusten führen.

*„Willst du vollkommen sein, so gehe hin, verkaufe, was du hast, und gib es den Armen. So wirst du einen Schatz im Himmel haben. Und komm und folge mir nach. Da Der Jüngling das Wort hörte, ging er betrübt von ihm, denn er hatte viele Güter."*

*Jesus von Nazareth*

*Eure* Gesellschaft ist von Profit besessen. Und dies nennt ihr eine großartige Gesellschaft? Den armen Menschen gehört aller Besitz auf der Welt. Sie sind die Arbeitenden. Sie sind die Arbeitgeber der Reichen. Es geht nicht um die menschliche Würde bei euch, der Profit zählt bei allem Tun. Doch ihr wollt den Menschen keine Würde geben. Abhängig sollen sie bleiben von euch Besitzenden. Also macht nur so weiter. Nennt das die globale, freie Marktwirtschaft und sagt allen wie stolz ihr auf euer primitives Dasein seid.

„Die Saz in meinen Ohren, so riecht es nach Heimat. Verwundet das Herz von lästigem Lärm der Städte. Wie lang hält es das feinfühlige Herz in diesen weißen Welten noch aus? So schön hätte alles werden können, wie in einem schönen Roman. Doch mein Gang ist nun wie ein armer Wanderer auf Umwegen. Gefangen im Labyrinth der Gesellschaft, gefangen in ihren eisigen Fängen. Ja, so schön hätte alles kommen können, hättet ihr auf die Worte der schönen Geister und Boten der Liebe gehört. Die Kinder hätten sich wahrlich sehr gefreut. Nun haben euch die Machthaber der Welt fest in der Hand. Sie geben euch künstliche Pandemien und drohen euch, falls ihr nicht ihren Drohungen nachkommt. Weit weg soll ich ziehen aus euren Welten, so liebte ich euch von ganzem Herzen, doch ist für euch nichts mehr zu machen. Ihr wollt einfach nicht zu den Blumen finden, so nennt ihr mich einfach einen Fremden. Ein letzter Blick, stehend auf dem Berg meiner letzten Einsamkeit, blicke ich zurück in euer Tal, mit Tränen in den Augen, einem dicken Kloß im Hals. So wurde ein weiterer Liebender in der Welt da unten im Tal verpönt und missachtet, bei euch. So blicke ich ein letztes Mal zu euch, und weiß dass es bald ganz dunkel bei euch sein wird."

**„So sprach die Liebe"**

„İkinizin de ne eş, ne arkadaşınız var.
Sükût gibi münzevî, çığlık gibi hürsünüz.
Dünyada taşınacak bir kuru başınız var;
Onu da, hangi diyar olsa götürürsünüz.

Yağız atlı süvari, koştur, atını, koştur!
Sonunda kabre çıkar bu yolun kıvrımları.
Ne kaldırımlar kadar seni anlayan olur...
Ne senin anladığın kadar, kaldırımları...

Uzanıverse gövdem taşlara boydan boya,

Alsa buz gibi taşlar alnımdaki ateşi.

Dalıp sokaklar kadar esrarlı bir uykuya

Ölse kaldırımların kara sevdalı eşi.......

Yeryüzünde yalnız benim serseri,
Yeryüzünde yalnız ben derbederim.
Herkesin dünyada varsa bir yeri,
Ben de bütün dünya benimdir derim.

Yıllarca gezdirdim hoyrat başımı,
Aradım bir ömür, arkadaşımı.
Ölsem dikecek yok mezar taşımı;
Halime ben bile hayret ederim.

Gönlüm ne dertlidir, ne de bahtiyar;
Ne kendisine yar, ne kimseye yar,
Bir rüya uğrunda ben diyar diyar,
Gölgemin peşinden yürür giderim...“

Necip Fazil Kisakürek